綠映斜陽暮

莫家寶

推薦序一

莫雲漢教授
香港珠海學院中文系榮休教授

　　今之香港珠海學院，昔日廣州珠海大學也。珠海創辦人陳濟棠，重視中國傳統文化，其主粵期間（1929-1936年），省中學校，皆尊孔讀經，規定以《孝經》為中學修身教材。時胡適在香港演講，批評廣東之讀經復古，陳濟棠不滿，即取消胡適原定前往中山大學之演講日程。此可謂當年「新舊」對抗之一段逸事。

　　珠海承此重視傳統文化遺風，自創校以來，開設文史學系，後改名中國文學系，系中課程，皆國學經典之類，其中詩、詞等科目，除研讀古人作品外，更要熟習格律聲調，以求創作。而當年系中（校中）教授，多為老師宿儒，詩詞名家，如熊潤桐、黃華表、陳伯莊、李璜、彭國棟、甄陶、易君左、陳本、曾

克耑、陳湛銓、饒宗頤、涂公遂、王韶生、勞思光、何敬群、岑衍璟、王弼卿、伍俶、夏書枚、蘇文擢、梁友衡、何丘山等，雖任教不同科目，而皆並擅風雅，或編成專什，或互有唱酬。在諸教授之言教身教薰陶之下，同學亦能將情景事理，在陰陽平仄之間，揮灑自如，後來承傳薪火而深入堂奧者，多不勝數。

家寶宗棣，畢業有年。在學期間，雅好詩詞，所為習作，詞暢意達。及後任教中學，並加入著名詩社：「璞社」，在教學相長，同儕切磋之下，益加奮勵，創作不斷。今將其所作付梓，古典詩詞之外，更有「新詩」、散文，可謂「新舊」並存，復敢嘗試，而珠海又出一生力之軍，步武前賢，實可喜也。癸卯夏日莫雲漢序

推薦序二

華倫

創作人／大學講師

能夠為別人的創作寫書推薦序，其實對我的信任，絕對值得自豪。

十四世紀時，Trust 這個詞第一次出現，意思是「本質的確定性和深深根植的希望感」。這正是信任的本質，讓我們在世界的不確定性中，握住本質的確定性，產生根植的希望感，為生命的脆弱與未來的不確定性中，找到一點繼續前進的光。

在這個時代，信任愈來愈難了，別說陌生人，就連親近的人亦難以完全信任。但當我們能夠信任別人，被別人信任，於是成了跟別人的連繫，有了作為人類的共同意識，得到了被需要的幸福，似乎這樣，我們就能有力量。

詩，是一種浪漫。詩人，是一種志向。

願望成為鬧市中的詩人，以詩書寫世界的故事、書寫人情起跌、書寫歲月的流淌，終於能夠為時代的悲喜多添一筆浪漫，詩成了那一道綠光。

家寶的《綠映斜陽暮》詩詞集，綠光，其實夕陽落下前出現的最後一道光芒。傳說如果能望見那可遇而不可求的綠光，誰就能得到幸福。

但願所有閱讀這本詩詞集的讀者，都能夠看到屬於你的那道綠光，最後能找到專屬於你的幸福。

自序

　　一直認為，在香港寫作古典詩詞、甚至出版古典詩詞集，是一件「任重而道遠」的事。或許有人會抱住「出呢啲邊搵到食」、「算把啦！無人會睇！無人會買，出黎都哂氣！」老實說，以上所謂的「最壞打算」說話，曾經成為我出版的絆腳石；

　　但仔細再想，如果我不敢嘗試的話，我怕自己會有一種遺憾凝在心中。於是，我把這些負面情緒的說話，由絆腳石轉化為踏腳石，希望一步一步達成出版個人詩詞集的夢想。

　　我很喜歡觀賞斜陽，故此著作中部分詩或詞作，有以此為題之作，亦有以此作結句之作。落日餘暉是一個恆久不變的景象，它既象徵了一天的終結，也象徵有更好的明天讓我們去迎接。與此同時，希望自己的詩詞創作如斜陽般永恆，也希望自己能

「苟日新，日日新，又日新」。

　　本著作所收錄之詩詞創作，我不敢稱得上為佳作，但願透過這片園地，向一眾讀者分享我這十餘年來，創作過的詩詞；透過我的著作，希望令讀者知道，在香港文學洪流之中，仍有一群堅持寫作古典詩詞的朋友，在文壇上努力奮鬥。

　　本著作得以付梓，除了感謝初文出版社黎先生的支持之外，亦要多謝莫雲漢教授、華倫先生親為本著作題序。

　　陳志堅先生嘗言：「在教學工作中仍堅持寫作，是對文學的一份執著。」希望可以透過這本著作，把我的執著分享給廣大讀者。

家寶　謹識
二〇二三年十月

目 錄

卷一 · 古近匯粹——絕律與古體

卷二 · 詩之餘絮 ── 曲子詞

手稿分享

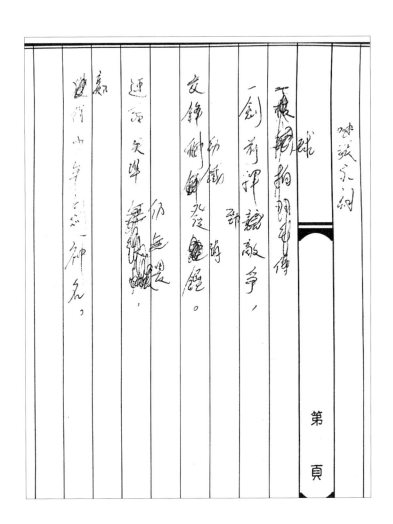

咪話示例

第

頁

《深秋有感》（重作）

暮雨瀟瀟並冷風。

凋紅凋綠遍莖東。

歸家卻念佳人杳，

但願他朝得再逢。

謹以此書

再獻給我的父母

感謝他們培養我對文學的興趣

—卷一·古近匯粹—

絕律與古體

兒童節感賦兩首

其一

童心拋卻久，

舊帖憶天真。

玩意多元選，

兒時豈乏貧？

其二

球場同競技，

雨灑樂投籃。

面髮鞋俱溼，

歡愉豈有擔？

過慈山寺

煦日臨汀角，
觀音聳翠綿。
鐘樓鳴覺悟。
佛理達安禪。

除夕 —— 年三十

歲虎別今宵，
桃符滿徑遙。
雖無聲炮竹，
但有韻琴簫。

登獅子亭

靜夜驅車泊穗崗，
秋臨窄徑草幽香。
瀝源燈火窮眸底，
千家萬戶樂洋洋？

夜 宵

秋風聲颯颯，
白玉照無眠。
餓肚翻冰櫃，
溫鍋起暖煙。

茶 絕 句 兩 首

其一・普洱生茶
親朋遺我小團球，
古綠餘香壓紙留。
沸水茶盅嘗數片，
甘湯數碗滑唇喉。

其二・龍井
濛霞帶雨濕清晨，
翠嫩呈尖蓋碗春。
俗事功名何用理？
瓷杯細賞綠湯新。

兔

素滑棉花若，
珍珠聳耳開。
其鄉何處是？
答曰桂宮來。

詠 李 白

桃潭浮白玉，
獨酒伴花間。
一葉孤舟別，
飄蓬復再還？

雨 窗 夜 讀

繁華落盡渺人煙，
冷雨瀟瀟若聽絃。
浩瀚藏書研閱照，
飛蛾但見舞翩翩。

贈中學母校

作育英才三十載，
良師益友匯丘田。
光陰碎綠隨風逝，
往日情懷永不遷。

中秋前夕有感

今夜玉盤照地堂，
花燈玉樹結河旁。
當年摯友笙歌醉，
別去何當共燭光？

秋 兩 首

初秋登山用杜牧〈寄揚州韓綽判官〉韻

白露登山溼路迢，

紅花紫蕊未零凋。

席披箕踞邀千里，

樹下微風奏洞簫。

深秋雨景

窗前淅瀝樹西風，

孤鳥棲簷念向東。

瓣葉臺階猶濺淚，

新枝嫩絮待春融。

憶屯門公園湖鴨

清早平湖碧玉波，
桃紅嫩綠岸邊多。
青頭尖尾花黃鴨，
結伴同游柳下歌。

迎羊

俊馬揚揚蹄步去，
皓毛羵首御天仙。
吉祥載賜千家戶，
乙未新春進一年。

黌 門

經年別後再相逢，
往昔良師未改容。
一晌歡愉談彼近，
韶光若水響昏鐘。

文憑試放榜前夕有感

經年苦讀待題名，
寸晷風簷紙墨爭。
折桂蟾宮昆片玉，
香羅麗緞織前程。

張家朗東京奧運獲獎感賦

一劍前揮勁敵爭，
交鋒幼鐵發清鏗。
連番失準仍無畏，
贏得少年劍神名。

清 晨 感 賦

幛揭窗前日色新，
瓷杯滌淨葉提神。
天陰密霧籠巒頂，
雨溼灰欄喚墨魂。

過屯門海濱公園

霧鎖東涌隔帳紗，
舟橫瀚海欲還家。
岩翁待得魚杆動，
密匝烏雲一字鴉。

題瀑布灣

涼風皺水石灘來，
峭壁如綢瀑布開。
往昔疑為冤鬼塚，
而今上踞貝沙臺。

七 夕

纖纖素手弄羅裳，
泣涕零珠夜色涼。
水遠牽牛何日見？
經年異地倍情長。

及 時

天地悠悠過客匆，
壬寅大半路迷朦。
今宵饌酒歡愉盡，
瑣事愁眉闊海沖。

訪鯉魚門

三家海岸覓紅魚，
不見其蹤但膥居。
葦草連綿荒屋繞，
平灘卷石送風徐。

遊愉景灣

其一

毗鄰樂土連綿翠，
碧水金沙白日浮。
欲約紅顏相訴況，
餚茶獨饗彩瓷甌。

其二

日照寒風闊路斜，
鳴環卷石見低窪。
搖搖草穗樓船小，
綠海涼亭欲作家。

假 日 排 練 感 賦

飄雲煦日適重陽，
道具台詞聚一堂。
數月扶持將踏板，
依山夕照散芳香。

題 劇 目 〈 二 十 五 厘 米 〉

歡聲滿載福來樓，
木廠邊攤永未憂。
詎料難逃遷拆勅，
街坊淚眼各飄流。

二〇二二除夕感懷

韶華逝水念煙波，
翠葉新芽若織羅。
好事壬寅難挽住，
來年癸卯盼祥和。

深 夜 懷 人

獨步海旁時，憑欄夜靜思。
青絲披紫繡，白雪展蛾眉。
笑靨千金值，冰心百蝶隨。
如今南北隔，相見復何期？

黃 昏

吐霑海長廊，柔風水照光。
遊人揮筆墨，綠草伴紅芳。
對岸群山眾，帆前眾鳥翔。
不知時日過，天色已昏黃。

茗 聚

氤氳巷陌來，客舍板門開。

素手提壺水，花香滲玉杯。

茶湯煩渴洗，腹海藻辭催。

翰墨磨箋紙，知音贈片梅。

迎 兔

猛虎叢林退，齊歡卯兔迎。

花墟喧馬路，福字掛門楹。

利是雙親備，鮮餚美點烹。

天寒無礙暖，歲晚賞桃櫻。

甲午馬年詠馬

千里平原一俊駒，心疑赤兔項雛乎？
鋒棱瘦骨尖雙耳，白玉輕蹄閃亮珠。
闖雪跑沙無懼畏，披星戴月有孤軀。
方皋伯樂何時現？但願崎嶇創坦途。

題 唐 玄 宗

深宮女主餘波起，結士聯軍息鬥爭。
改號開元圖盛壯，革新去弊任賢明。
紅顏麗質華池水，蜜口金刀胖祿兵。
終釀干戈潛蜀地，蛾眉縊逝棄深情。

秋思（步陸放翁〈秋思〉韻）

院北清輝伴斗牛，舍南灘岸侶沙鷗。

絲弦處處人方醉，彩帶飄飄夜未休。

鳴蟬聚眾談風雪，白髮搖身道春秋。

欲邀仙女臨凡世，淺拂煙蘿殿玉樓。

荔枝椰汁西米露

溽暑無風至，消騰借露霜。

珍珠浮剔透，妃子伴徜徉。

玉瓦新為盛，白椰凍作漿。

初沾誠嫩滑，再啖益清香。

小店留良久，餘甘釀更長。

繁囂三伏下，幸得頃時涼。

題《一路生雜草》扉頁

當代輕古典，著書有誰知。

吾師不流俗，偏工舊體詩。

五七律古絕，盡紀三地時。

猶現代春秋，褒貶沒留遺。

欲知當年事，此為金鑰匙。

紀 夢

世人常有夢，余夢獨登山。

東攀獅子嶺，遠眺沙田灣。

竹杖與我語，展我臉歡顏。

古琴輕輕撥，餘音若珮環。

願登天上雲，遠離俗世間。

與君終須別，何日復歸還。

瀝源燈火窮眸底，千家萬戶樂洋洋？

涼風皺水石灘來，峭壁如綢瀑布開。

往昔疑為冤鬼塚，而今上踞貝沙臺。

—卷二・詩之餘絮—
曲子詞

蝶戀花二首

其一

河畔紅花初展媚，嫩綠鵝黃，翠蝶雙雙戲。枝上鳥聲啼不累，絲絲楊柳搖搖墜。　對景憑欄思往事，白雪蛾眉，弄洗梳妝未？極盼相逢於此地，與君比翼諧連理。

其二

煙靄濛濛青脈隱，白露雕欄，滿院桃紅印。欲掃流霏階色褪，漫天輕瓣何誰憫？　遙念另邦閨玉鬢，紫扇鴛鴦，笑語芳香蘊。尺素魚傳滄海允，妝樓嘆息回箋問。

夜 遊 宮

　　敗翠衰紅遍地，倚闌處、微涼風起，明月無聲映照水。影孤單，聽鶯歌，啼不累。　　寂寞樓臺裡，撫琴瑟，憂心難睡，恨與蛾眉隔千里。盼相逢，日雖長，心未死。

憶 王 孫

茫茫書海覓珍藏，展館如雲參展商。才子佳人聚一堂。漸昏黃，落日無聲伴海旁。

浪淘沙

　　窗外雨紛紛，密佈烏雲。北風蕭瑟徑無人。獨坐書房懷往昔，舊日歡欣。　　回想去年春，相約黃昏。嫩紅初展氣香芬。元夕偕君遊夜市，共賞花燈。

訴 衷 情 近

　　滴林穿葉，獨傘徐行舊處。童時玩樂球場，重往事紛若絮，遙想引朋呼伴，絲灑空階，豈阻投籃趣？　韶華去，靜賞浮雲變霧。逝斯難返，昔伴他鄉赴，期回聚，心頭感念，如泉湧盡，昂然闊步，綠映斜陽暮。

踏莎行

　　春意將闌，鶯啼漸少，紅花遍地嬋娟照。涼階獨影靜無言，河邊長伴相思草。　　柳樹依依，餘香裊裊。歸家但念佳人杳。離愁恰似水東流，悠悠不斷何時了？

憶江南二首

其一

迎新歲，搦筆寫春聯。暫擱繁忙行樂去，品茶論學各言歡，吉語頌豐年。

其二

驥年好，新作獻尊師。三五同窗來聚首，談詩雪菊伴清梨，喜得賀春辭。

定風波二首

其一

杏海揚帆逾十年，起風捲雪尚能安。志士仁人舟共濟，同勵、無分彼我渡時艱。　　學子淳淳齊許頌，心動、千情萬句盡投箋。字字題文深發省，珍永、黃金豈換內衷言？

其二

暫把文書擱案頭，紅爐剗茗解心憂。數點觀音傾蓋碗，壺洗、細珠魚眼轉飄浮。　　一飲茶湯仍未覺。重啜、涸乾牙頰帶清幽。此品閒暇誰共享？鴻漸，嫩芽筐滿樂悠悠。

風入松

　　藍空日煦織團雲，群鴿聚紛紛。青衿學後嬉遊
處，渡頭上、對對佳人，彩筆風光倩影，沁涼雪捲
黃昏。　　　壯男往昔付勞辛，血汗每沾巾。工船輪
轉酬金少。難溫飽，不寐通勤。數座空箱佇立，斜
陽海皺粼粼。

采桑子

余幼曾居屯門十二年，後遷天水圍，居至今。今重到舊居，因觸目所見，有感而賦之。

一池錦鯉今安在？片片殘紅，飄落其中。還見籬笆細雨濛。　　緩緩腳步遊園處，往昔孩童，何日重逢？歲月無聲失影蹤。

十六字令　三首

其一　星

清！舉目銀河夜碎晶，徘徊仰，人約樹涼亭。

其二　等玉人

亭！滿眼無人倍冷清，思往事，笑語暗香盈。

其三　見玉人

傾！互見人家雪亮晴，投合趣，聊話到天明。

菩薩蠻

　　初離講學三年處，遙遙寶馬強心路。師友面容
新，肅嚴何敢親？　　課時流喚畢，女校徵才急。
文歷互秋冬，人情臨別濃。

看 花 回

灼灼流行百姓家，紅捲輕紗。漫天甘露枝添翠，賞秀妍，但隔籬笆。丹青留倩影，何用遮瑕？　往說天香國色誇，逝水年華，艷枝終有凋零日。趁芳開、少駐品茶，乘薰風作伴，休理塵枷！

鷓 鴣 天

　　綠樹朝霞散牖窗，驅車送友赴他鄉。別前同
照無言對，互擁瑩珠濕臉龐。　　杯酒數，解愁
腸，階前樂韻正悠揚，絲弦不解衷情苦，饌玉盈檯
豈樂嚐？

千秋歲（步秦觀水邊沙外韻）

　　遠觀窗外，如鯽人潮退。鷗鷺過，繁黃碎。疫情無忌憚，靨布春寒帶。隨街步，行人半掩明眸對。　　摯友延期會，藝館笙歌蓋，棉絮落，紅瓣在，親朋分萬里，豈令思情改？求福壽，焦心惱事拋滄海。

減字木蘭花

　　涼風皺起，簾外濕陰階積水。雲透絲明，飄渺雙辮為我迎。　　盈盈笑語，波板玉糖思盡訴。同宴今宵，漫話空房解寂寥。

桃 源 憶 故 人

　　清明時節紛飛絮，凝葉重重珍露。玉殞香消泉赴，如蓋亭亭樹。　　雙辮雪臉盈笑語，頃刻靈人相遇。波板玉糖如數，綿話千千句。

喜遷鶯

　　急雨起，晚風寒。何礙大排筵？遠親朋近宴談歡，齊賀囍雙鸞。　　葡萄酒，忘機友。席上笑顏喧舊。璧人情意合同心，共譜理枝音。

喜團圓

　　花墟滿路，遊人若鯽。街外新枝，爭妍鬥麗誰暇讓？白雲放空移。　　卯歲將臨，春聯福區，回憶寅時。云云網帖，尋她所處，寸寸相思。

多 麗

笑蒼生，一聲滄海淘嶙。遠飄搖，輕舟撫瑟，盈盈樂伴離塵。想當年、雙親盡失，岳群養、授藝扶循。俠骨尊卑，奇山劍術，不羈情義友如雲。仰珊妹，竹梅青馬，無奈未成圓。遭師逐、內傷暗算，誰料同門？　　養韜光、桃仙氣治，吸星移內通筋。謁青揚、獨孤求敗，投任氏、日月封神。欲奪葵花，遂為霸主，德高名派互除根。死傷籍、血流成海，邪典失心真。逍遙活、吭歌嘯傲，湖泛香醇。

驀山溪

　　嫣紅綻放，若蓋庭中樹。彩蝶滿園飛，鳥棲枝，晨鳴覓侶。迷迷惘惘，前事繞心中，煙一縷，撩思緒，前路該何處？　　絲絲細雨，盡灑天葵路。斜綠蔭眉山，寸方田、鬱蔥留駐。深潭想鱖，撒網並揮杆。提身去、攜箋注、乘興單車旅。

醉春風

　　窄徑同仁聚，黃昏題筆語。春風深水度安寧，句，句，句，燈火寥寥，萬千關閘，大南街遇。　　夜幕鴉聲吐，紅蕊盈棉樹。飄搖點點幾時停？雨，雨，雨，簷下相談，盡書心話，眾喧成趣。

青玉案（步辛稼軒元夕韻）

　　清風拂動紅花樹，向地灑、絲絲雨，密翠香芬盈陌路，流車緩速，行人趨避，由得芳菲舞。　　鄉村里屋炊煙縷，小犢農民遠方去，鳥鵲來回啼幾度，陰雲堆積，霧濃帷幔、何礙閒茶處？

城 頭 月

　　秋山滿眼蒼穹浩，戶外聞啼鳥。半月清輝，雙鶯互唱，夜曲柔音裊。　　　密雲疑妒身遮皎，不解無情罩。暗澹餘光，無人問惜，由得涼風嘯。

相 見 歡

　　居人夜半窗邊，雨沖天。念記兒時愉悅、慨無眠。　　小店退，舊情止，再逢難。人面全非鄰舍、意將闌。

後記

　　終於完成個人詩詞集的整理工作了！

　　五十餘首古律絕，加上接近三十首曲子詞，全部都是我由本科學位時代、直到現時這十三年間的心血結晶，內容涵蓋人、事、物。十三年，說長又不算長，說短也不算短。回望自己早期讀書期間的詩詞創作，內容不外乎模仿古人先賢的思念佳人，或是離愁別緒之類。目的大抵只為了交功課、以及獲取分數而創作。但不知為何，即使老師沒有要求我額外創作，我也會自然在課餘時間，自行翻韻書詞譜，找一個容易填寫的曲譜平仄作詩填詞。

　　即使畢業之後，我仍維持這個創作興趣。往後的創作主題，或許自覺已經見多識廣，故此所寫之詩詞，不再圍繞思念情人之類的陳腔濫調。

　　在此，我要多謝十三年前的自己！沒有過去的自己，就不能成就今天的詩詞集。

綠映斜陽暮

作　　者：莫家寶
責任編輯：黎漢傑
設計排版：D. L.
法律顧問：陳煦堂　律師

出　　版：初文出版社有限公司
　　　　　電郵：manuscriptpublish@gmail.com

印　　刷：陽光印刷製本廠

發　　行：香港聯合書刊物流有限公司
　　　　　香港新界荃灣德士古道 220-248 號
　　　　　荃灣工業中心 16 樓
　　　　　電話 (852) 2150-2100 傳真 (852) 2407-3062
海外總經銷：貿騰發賣股份有限公司
　　　　　電話：886-2-82275988 傳真：886-2-82275989
　　　　　網址：www.namode.com

版　　次：2024 年 2 月初版
國際書號：978-988-70341-4-8
定　　價：港幣 58 元 新臺幣 200 元

Published and printed in Hong Kong